Mandie Davis
&
Pete Williamson

First published by Les Puces Ltd in 2017
ISBN 978-0-9954653-4-3
© March 2017 Les Puces Ltd
www.lespuces.co.uk
Original artwork © March 2017 Pete Williamson and Les Puces Ltd

Egalement disponible sur notre site

Consultez notre boutique en ligne sur www.lespuces.co.uk

Ma Famille

Doris May née Martin
28 Mai 1918 – 23 Nov 2016
Une maman, 'mamie',
arrière-grand-mère et
arrière-arrière-grand-mère tant aimée.

À l'école, les enfants étudient la famille. Ils regardent l'arbre généalogique de la famille royale.

Avec l'arbre, il est facile de compter combien il y a de générations.

Puis, ils dessinent leur propre arbre généalogique. Adèle fait un dessin d'elle-même, de son frère et de ses sœurs. Adèle écrit : « Je m'appelle Adèle. J'ai 9 ans. Je suis née à Oxford mais maintenant je vis à Londres. »

« Mon frère Martin a 10 ans. Il est plus âgé que moi. Il aime grimper aux arbres. »

« Mes sœurs, Lola et Sofia, sont jumelles. Elles ont tout juste 9 mois. J'aime me promener dans le parc avec elles et ma maman. »

« La sœur de ma maman est ma tante. J'adore Tante Anne. Nous sortons souvent faire du shopping ou nous allons au restaurant. Mon papa a un frère et une sœur. Ils sont aussi mariés – alors j'ai beaucoup d'oncles et tantes. »

« Les enfants de mes oncles et tantes sont mes cousins. Il est parfois difficile de tous les compter. J'ai plutôt une grande famille ! Nous nous retrouvons pour les mariages et les grandes fêtes de famille. C'est super lorsqu'on est tous ensemble. »

Adèle a deux grand-mères et un grand-père. Ce sont les parents de ses parents. Elle a même une arrière-grand-mère qui a 98 ans et qui s'appelle Doris.

Quand Doris était petite, les gens voyageaient à cheval et charrette. Il n'y avait pas de téléphones, d'ordinateurs ou de télévisions. La radio était une nouveauté et elle était très chère. La famille aime beaucoup écouter Doris parler de sa vie.

Les parents de Théo sont séparés et sa mère a un nouveau compagnon. Alors Théo dessine son père et son beau-père sur son arbre. Il a aussi une demi-sœur et deux demi-frères. Son arbre généalogique est très intéressant !

Louis n'a ni frères et sœurs, ni oncles et tantes. Il passe son temps à rêver de sa famille idéale avec un frère extraterrestre qui l'emmènerait dans son vaisseau spatial pour un aller-retour vers la lune en 30 secondes... « Louis ! » appelle la maîtresse, « As-tu fini ton travail ? »

Les enfants aiment beaucoup entendre parler des familles des autres pays. Xian a de la famille en Chine...

... et Élodie a des cousins à Paris.

Les gens viennent de partout dans le monde. Ils peuvent avoir la peau et les cheveux de différentes couleurs, parler des langues différentes, avoir des croyances variées et des capacités différentes... mais ils ont quelque chose en commun : ce sont tous des êtres humains !

À la fin de la leçon, les enfants sont d'accord pour dire que les familles peuvent être différentes, mais qu'elles sont toutes très précieuses.

At the end of the lesson, the children agree that families can be very different, but they are all very precious.

People come from all around the world. They can have different coloured skin and hair, speak various languages, hold contrasting beliefs and have different abilities... but they have something in common: they are all human beings!

... and Elodie has cousins in Paris.

The children love to hear about families in other countries. Xian has family in China...

Louis doesn't have any brothers or sisters or aunties or uncles. He spends time dreaming of his perfect family, with an alien brother who takes him for rides in his spaceship to the moon and back in 30 seconds... "Louis!" calls the teacher, "Have you finished your work?"

Theo's parents have separated and his mum has a new partner. So Theo draws his father and his step-father on his tree. He also has a step-sister and two half-brothers. His family tree is very interesting!

When Doris was little, people travelled by horse and cart. There were no telephones, computers, or televisions. The radio was very new and expensive. The family love to hear Doris talk about her life.

Adele has two grandmas and one granddad. They are her parents' parents! She even has a great grandma who is 98 years old and is called Doris.

"The children of all my aunties and uncles are my cousins. Sometimes it's hard to count them all. I have quite a big family! We meet at weddings and at big family parties. It's great fun to be all together."

"My mummy's sister is my aunty. I adore Aunty Anne. We often go out shopping or to restaurants together. My daddy has a brother and a sister. They are both married too – so I have lots of aunties and uncles."

"My sisters, Lola and Sofia, are twins. They are just 9 months old. I like to take them for a walk in the park with my mummy."

"My brother Martin is 10 years old. He is older than me. He likes to climb trees."

Next, they draw their own family tree. Adele draws a picture of herself and her brother and sisters. Adele writes: "My name is Adele. I am 9 years old. I was born in Oxford but now I live in London."

The tree makes it easy to count how many generations there are.

At school the children learn about the family. They look at a family tree of the Royal family.

My Family

Doris May née Martin
28 May 1918 – 23 Nov 2016
A much loved mum, nanny,
great-grandma and great-great-grandma.

Also available from Les Puces

Visit the shop on our website at www.lespuces.co.uk

Mandie Davis

&
Pete Williamson

First published by Les Puces Ltd in 2017
ISBN 978-0-9954653-4-3
© March 2017 Les Puces Ltd
www.lespuces.co.uk
Original artwork © March 2017 Pete Williamson and Les Puces Ltd